CW00500005

Réquiem amoroso
"El Arca de Noé"

Pedro Santana Torres

www.pethros.es

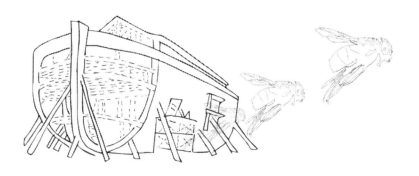

Ilustraciones: José Fran Santana Torres

Réquiem amoroso "El Arca de Noé"

SINOPSIS

Guiándose por el esquema estructural de la MISA DE REQUIEM, se recopilan una serie de relatos breves con un fondo común: EL FIN DE UNA RELACIÓN AMOROSA. Desde diferentes ópticas, debido a múltiples causas - aburrimiento, celos, desconfianzas, inestabilidad emocional,...- con desarrollos diferentes y personajes variopintos manteniendo como telón de fondo el mismo desenlace recurrente, el punto final de una relación amorosa. Se emplea la estructural musical de la misa de Requiem para despedir y lamentar el fin de la existencia de un destino amoroso.

Se comienza con el *Introito e Kyrie*, donde se advierte de los peligros que puede conllevar la convivencia entre enamorados. Se continúa con un compendio de relatos independientes entre sí cuyos títulos son los movimientos de la misa de Requiem. Adicionalmente al título, se le incorpora un subtítulo que pretende ajustar la historia que se narra. Con tintes de fábula y moraleja, amargo, voraz y rápido, se continúa relatando por diferentes caminos y escenarios lo que ya se vaticina en su introducción: EL FRACASO DEL SENTIMIENTO AMOROSO.

Índice

INTROITO e KYRIE

La convivencia entre enamorados puede tornarse peligrosa para la salud. Las manifestaciones antagónicas que aparecen en el transcurso de la relación no son casualidades o meras adaptaciones de la disparidad temperamental, no nos engañemos. Una adaptación afectuosa no necesita de agravios desavenidos, sí de un acomodo. Por eso, por muy obnubilados que estemos por la chispa amorosa, cuando estos síntomas se revelan con una violenta intensidad, son seriamente perjudiciales para nuestra inmunidad.

Las disonancias y desacuerdos llevados a buen puerto, y tratados negligentemente, pueden ser ramalazos para el crecimiento mutuo de la pareja. Si esos tormentos persisten y se repiten en el tiempo, y no son fructíferos y revitalizadores para ambos, y lo único que aportan son dolores en todos sus miembros, es aconsejable abandonar una vez que estos indicios se perpetúen. Una vida intensa no tiene por qué ser una vida en tensión.

Se podría hablar de las reacciones saludables de las relaciones, pero eso son sorpresas que van llegando cuando uno tiene claro qué es lo que no quiere. Las mentes desprovistas de prejuicios tienen mayor facilidad de ser sorprendidas y de ser sorprendentes.

Arriésgate a ello, las reglas están por crearse.

Señor ten piedad, Cristo ten piedad.

SECUENCIAS y CONTRAINDICACIONES

I.- DIES IRAE. *Carlota, la mosca celosa.*

Transcurría el mes de febrero; el mes de los gatos, y por toda la ciudad se oían sus aullidos como preámbulo al ritual del cortejo, de las tentaciones, de la gran fiesta copular.

 Era domingo por la tarde, fuera llovía y hacía frío. Un día triste, según ella, aunque a mí me encantara escuchar cómo las gotas de lluvia golpeaban los cristales de la ventana y ver cómo se deslizaban por ellas. Aunque a mí me encantara ver correr el agua por las calles. Aunque a mí me encantara oler a tierra mojada. Aunque a mí me encantara un día de lluvia. Pero siempre discrepábamos, aunque a mí no me encantara.

Estábamos allí sentados en el sofá, dejando pasar las horas delante del televisor. Intentando buscar en la caja tonta algún programa que engatusara y absorbiera nuestro cerebro. De repente, una mosca nos hizo una visita.

Da vueltas una y otra vez en nuestro alrededor.

Revoletea.

Se posa.

La espantábamos y regresaba; una y otra vez, una y otra vez.

Una, y mil veces más.

—¡Qué pesada la mosca! —grité.

Al instante, me dijo ella:

—Te he visto, ¡la has mirado! —refunfuñó.

—¿Qué me has visto? —le pregunté sorprendido.

—Has mirado a la mosca con ojos de deseo. ¡Lo has vuelto a hacer! La has mirado como mirabas a Carlota. ¿Es que ya no te gusto, no me quieres, por qué la miras?

No podía creer que celara de una mosca.

Mientras tarareaba la marcha fúnebre, Carlota —así bautizó a la inocente mosca—, confiada, se posaba sobre mi brazo izquierdo. La observé. Luego alcé lentamente mi mano derecha y, cuando la tenía en alto, hice un movimiento rápido como la luz hacia ella. Todo el peso de mi cuerpo cayó sobre Carlota. Murió en el acto.

Había terminado el mes de febrero, el mes de los gatos, y tanto él como ella acostumbraban a llegar a casa esqueléticos, raquíticos, endebles, demacrados. En esta ocasión, ella no había disfrutado del mes de febrero, el mes de los gatos. Ella se había comido todas sus uñas intentando apaciguar su nerviosismo provocado por los celos estúpidos. Él, cansado de ser paciente, comprensible y de esperar, apenas se mantenía a cuatro patas.

Llegó una vez más el mes de febrero, pero esta vez no estaban juntos.

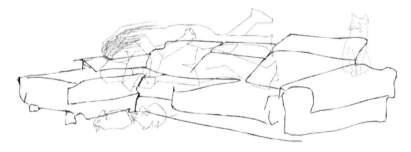

Dies irae, dies illa (Día de ira aquel día.)

II.- TUBA MIRUM. *Con la mosca Desconfiada detrás de la oreja.*

Donde quiera que fuera, allí estaba.

Donde quiera que fuera, estaba allí.

Donde quiera que fuera.

Sin espacio para respirar, sin ningún otro sitio donde estar.

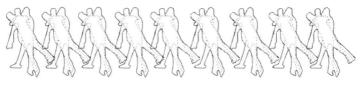

Con quien quiera que estuviera, allí estaba, pegada a mí.

Con quien quiera que estuviera, estaba.

Sin embargo, cuando intentaba mirarla, ya no estaba. Peter Pan la buscaba, incluso la cosió para que no se marchara.

Yo me la quiero quitar de encima.

Podría, a veces, ser una amenaza mi inseparable compañera, pero, a la vez, al mismo tiempo, instantáneamente, un fresco y agradable refugio en las tardes bochornosas, guarida de los más acalorados y arrebatados sentimientos y actos pasionales también.

Para ella debe de ser una tarea extremadamente agotadora estar siempre pendiente; ir allí, venir acá, subir y bajar, hacer acto de presencia, hacerse notar, estar siempre donde me moviera. Y mira que mis movimientos son dóciles e intuitivos, no requieren de mucho esfuerzo, no requieren de una planificación exhaustiva. Noto el secuestro en sus ojos, en su cara, en su aliento que envuelve mi nuca; allí siempre. También es cierto que, cuando no está, mi mugido siempre llama su presencia. Será la necesidad, el sabio instinto animal que nos coloca una vez más en el sitio, o es simplemente el efecto del agraviado por el Estocolmo.

Allí estoy otra vez. Sobre el verde prado, lamiéndome, mugiendo, rumiando y moviendo la cola espantando todo aquel que se me posa. Y mirando, siempre mirando. Sin moverme. Una y otra vez orbitando mis ojos de uno al otro confín, intentando descubrir el porqué de ese espectro que está siempre ahí, cerca de mí; casi pegado.

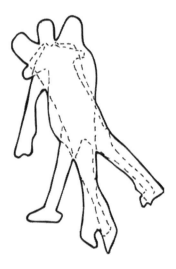

Tuba mirum spargens sonum
(La Trompeta, esparciendo un asombroso sonido)

III.- REX TREMANDAE. *El inestable emocional camaleón azul.*

Un día:

—Te quiero, no te quiero, te quiero, no te quiero, te quiero. ¡Qué bien, camaleoncito, él me quiere! —Se fue alegre.

Otro día.

—Te quiero, no te quiero, te quiero, no te quiero, te quiero, no te quiero. Qué triste estoy, camaleoncito, él no me quiere. —Se marchó triste.

Un día más tarde.

—Te quiero, no te quiero, te quiero, no te quiero, te quiero. ¡Qué bien, camaleoncito, él me quiere! —Se fue alegre.

Tan solo le quedaban en su maceta dos margaritas que deshojar. Al día siguiente, y a la misma hora, como siempre hacía, se acercó al jardín, agarró la llave que le colgaba de su cuello y abrió la coraza donde guardaba la maceta. Intentaba protegerla de su camaleón. La razón por la cual, con exacerbado recelo, resguardaba de su camaleón su maceta de margaritas no era otra que la de alejar de su camaleón su última maceta de margaritas, ya que todas las anteriores —miles y miles de maceta de margaritas— se las había comido sin contemplaciones y, desde entonces, se sintió obligada a cubrir esa última maceta de margaritas. Sobre todo, pensó ella, para que la historia no volviera a repetirse; después de miles y miles, la última es la que hay que proteger. Ahora, el camaleón parecía un guarda de seguridad custodiando las margaritas.

Un nuevo día.

—Te quiero, no te quiero, te quiero, no te quiero, te quiero, no te quiero. Qué triste estoy, camaleoncito, él no me quiere. —Se marchó triste.

El camaleón, más astuto que su dueña, se vistió de color margarita y, cuando ella encerraba la maceta, pudo colarse dentro de la coraza sin ser visto.

Al día siguiente, como todos los días, se dirigió al jardín, agarró su llave y abrió la coraza donde guardaba la maceta con las margaritas. Al destaparla, con un sonido ensordecedor gritó de espanto al observar que su maceta estaba desierta. Lloró a raudales con llanto de supervivencia al percatarse que su camaleón estaba dentro de la coraza. Su cuerpo espasmódico e inmóvil miraba al camaleón azul que, sin moverse del interior de la coraza, soltó un eructo haciéndole entender en ese descortés y consentido acto todo lo que tenía que decirle, aunque, por mucho decir, el que no quiera enterarse, no lo hará.

Desde ese momento, rechazó por siempre y para siempre la compañía de su camaleón sin darse cuenta de que ese era su príncipe azul. Sin ni tan siquiera percatarse de que el único que siempre estuvo y había estado allí era él. Sin llegar a considerar el porqué del empacho de las miles y miles de maceta de margaritas que anteriormente se había comido. Pero la chica Disney buscaba un príncipe azul hecho a medida. Sin fallos. Perfecto. Ah, y sobre todo, azul. ¡Qué frustración!

Rex tremandae majestatis (Rey de majestad tremenda)

Qui salvandos salvas gratis, (a quienes salves será por tu gracia)

Salva me fons pietatis (sálvame, fuente de piedad.)

IV.- RECORDARE. *Las mentirosas pompas de jabón.*

Bajo un preciso cielo azul, una niña, encantadora y hermosa, jugaba en el banco de un bonito e inmenso parque haciendo pompas de jabón. El suelo donde estaba sentada era de un verde intenso; tan intenso, que el color rojo de su vestido se confundía con el color del césped. A su alrededor asomaba una arboleda frutal y la flora silvestre se esparcía por todas partes. Frente a ella había un pequeño lago donde había muchísimos animalitos sueltos.

El único besugo que había intentaba correr y volar, el buitre, zambullirse en el agua y bucear, mientras el resto de los animales enjaulados gritaban: «Y por el mar corren las liebres, tralará». El único naranjero daba peras limoneras.

Poco a poco, la paz y el sosiego se adueñaban del ambiente.

Gepetto, su abuelo, vigilaba al niño desde el otro extremo del campo. Había nacido esa madrugada y ya tenía 28 años. Ahora tenía sueño. Sus ojos estaban hinchados y rojizos debido a la explosión de las pompas de jabón que estallaban en su cara sin compasión. Como un boomerang, llegaban después de haber sido insufladas. Sus ojos llorosos empezaban a cansarse y a hacer estragos en su ánimo, pero ella seguía haciendo pompas de jabón. «Está niña no aprende», pensó su abuelo.

Recordare, Iesu pie (Acuérdate, piadoso Jesús.)

V.- CONFUTATIS. *El gusano que nunca fue mariposa por haberse regocijado restregando el pasado.*

Cuenta la historia que, un gusano nunca fue mariposa por miedo a añorar su pasado. Siempre se quedó quieto, esperando, reprimiéndose, revolcándose una y otra vez en un tiempo pasado que, según él, fue mejor.

La historia nunca se ha escrito y se conserva gracias a que se trasmite generación tras generación, de padres a hijos múltiples veces durante su existencia. Casi se diría que está pegada, restregada en la piel como un traje de lacra y, así, es imposible de olvidar, dejando a la libertad el insubordinado albedrío de una condena perpetua.

Cuenta la historia ahí dentro, pendiente de se lo pasan divinamente. que mientras ese gusano siga su metamorfosis, otros capullos ¡Hay que joderse!

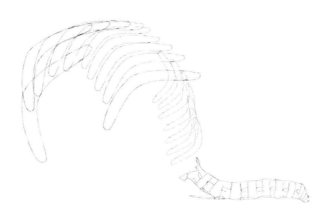

Confutatis maledictis (Rechazados ya los malditos.)

VI.- LACRIMOSA. *Las aventuras del zángano infiel Willy, el calentón de la abeja Amaya y el traidor Aquiles con su talón.*

Eran inseparables, estaban hechos el uno para el otro. Cualquiera diría que años después Willy estaría dándose de cabezazos en el muro de las lamentaciones por el error cometido; hechos son amores y no buenas intenciones.

A Amaya le sentó como un jarro de agua fría, se le eclipsó la luna que Willy le había entregado. Él siempre había sabido que el campo estaba lleno de flores por polinizar, aunque todo el monte no fuera orégano. Las tentaciones siempre estuvieron y lo demás suena a —y es— cuento chino:

«Pensé que no me querías, no significó nada, me tocó el talón de Aquiles, creí que…»

—¡¡Patético!! —*Todo eso se piensa antes, nunca después*—. ¡¡Patético!!

Si ella hubiera sido tan fría como la reina con los zánganos, otro gallo le hubiera cantado. Son vueltas de tuerca que nos hacen girar y eso hay que aprenderlo. De todos modos, a Amaya no le faltó comprensión, supo entender y perdonar. A su pesar, aquello que podía haber sido y no fue se había acabado.

Ahora recuerda Amaya a aquel familiar suyo que se ahorcó; la cuerda nunca se rompió. En ese momento pensó tantas preguntas sin respuestas... Ahora esas preguntas son similares, las respuestas no llegan y las cartas aún están bocabajo, sin levantar. Y, lo peor de todo, sin ninguna pretensión de ser levantadas quizás por eso, porque no haya respuestas que llenen las preguntas y, en parte y, sobre todo, porque ya no convencen. La cuerda rota y anudada no tiene la misma tensión, ¡está rota! Sus lágrimas terminarán por cicatrizar las heridas y ahogar las añoranzas que tanto nublaban, en este momento, su visión.

Él, ahora, quería anudar la cuerda agotada, andrajosa, partida, desvencijada. ¿Aguantará?; Bertol Brecht tiene la respuesta. Ahora es cuando las cosas, para Willy, tienen su valor: cuando ya no están, cuando ya se han perdido.

Las cosas pasan porque tienen que pasar y ocurren cuando tienen que ocurrir; por mucho que uno se resista a ellas no se puede poner freno ni remedio.

Mientras Willy revolotea zumbado por el aire, se sacude y estruja su pequeño cerebro de mosquito intentando olvidar a la enmascarada del antifaz que ya casi no recuerda. Con su lamento sigue batiendo sus alas, observando cómo se arrastran los caracoles, contemplando cómo pastan los toros en el campo, mirando cómo dos machos cabríos se rompen los cuernos para liderar la manada.

Willy, zambullido entre remordimientos, entró, sin quererlo, en la prohibida charca verde. Cuando quiso darse cuenta, el sapo Aquiles lo engullía relamiéndose. Willy no sabía a nada, era insípido. Al rato, el viejo Aquiles lo escupió medio muerto mientras Willy, entre convulsiones y babeos, se ahogaba con la tóxica saliva del sapo. Expiraba al mismo tiempo que su miembro viril resurgía pletóricamente. ¡Qué maravilla verlo tan imponente, daban ganas de comérselo! Cuatro segundos después, su miembro se hinchaba y explotaba.

No hay mejor medicamento que el tiempo, la ocupación y, por supuesto, los buenos amigos. Con esto, la cura viene rodada. Amén.

Lacrimosa dies illa (Día de lágrimas aquel)

Qua resurget et favilla (en que resurja del polvo)

Iudicandus homo reus. (para ser juzgado el hombre reo.)

VII.- OFFERTORIUM. *La propiedad de la cosa amada y el perro del hortelano.*

¡Maldito sea aquel quien de la posesión hizo un derecho!

Estaban en clase de gramática y el profesor de lengua les explicaba los determinantes posesivos.

—MI felpudo —pensé.

El perro del hortelano se llamaba Juan Tenorio. Lo bautizamos así por su promiscuidad. Lo podíamos ver toda una tarde con una perra como al día siguiente con otra diferente. El flechazo aguantaba hasta su montura, ¡que nadie la tocará antes de eso! Era SUYA hasta ese momento, no hasta la sepultura. Juan Tenorio no tenía ni idea de los posesivos, aunque sí entendiera de adueñarse de las cosas ajenas. El buen profesor adoptó al perro del hortelano cuando su dueño murió.

La clase me parecía un tostón y miré desde MI asiento por la ventana. El perro estaba, ahora, sentado al lado de MI felpudo, el cual regalé meses atrás al colegio para ponerlo en la puerta de entrada en época de lluvias. Todos, al entrar, escarbamos los pies sobre él, como animales furiosos, marcando el territorio, intentando embestir al enemigo. Pero eso solo duró hasta que llegó a la escuela Juan Tenorio. Lo primero que hizo este cabrito fue olisquear MI felpudo y mearse encima. Cuando entrábamos en clase, él estaba siempre, siempre, sentado encima. Y, cuando ya no había nadie por las inmediaciones, se levantaba y desde la distancia controlaba que nadie descansara sobre él. MI felpudo se convirtió en lo que el señorito quería, en su propiedad. MI felpudo dejó de tener la utilidad para la que fue diseñada. Dejó de ser quien era y Juan Tenorio, ni dejaba hacer ni hacía. Un par de semanas más tarde, MI felpudo envejeció, sucio y lleno de pulgas. El perro abandonó el felpudo y lo dejó solo.

La lluvia volvió. MI felpudo recuperó su estado y nosotros hicimos buen uso de él. Juan Tenorio quiso nuevamente apoderarse del felpudo. En su primer intento se acercó a él, lo olisqueó y se sentó encima de él. Nada más tumbarse sobre él, Juan Tenorio, tras un salto de tres metros, dio un ladrido doloroso que se oyó en todo el vecindario. Él pensó que no era nada, y repitió la acción. Nuevamente volvió a acercarse y, nuevamente su dolor precedido de su gran salto. Su buena suerte hizo que en está ocasión fuera a aterrizar sobre una chumbera. Agujereado el perro del hortelano, a partir de entonces, se tumbaba en el suelo sucio y frío de la acera del colegio sin rechistar. MI felpudo había desarrollado, por sí solo, un mecanismo de defensa para salvaguardar la utilidad última para la que fue diseñada.

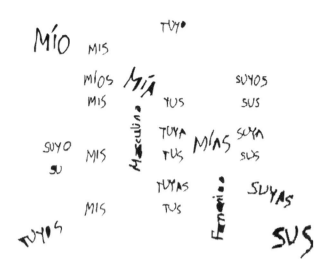

Domine Iesu Christe, Rex gloriae, (Señor Jesucristo, Rey de la gloria)

Libera animas omnium fidelim defunctorum (libera a las almas de todos los fieles difuntos)

VIII.- SANCTUS. *El respetable difunto. La ausencia del respeto.*

Ojalá te oiga Dios.
No sé si he estado mucho tiempo dormido. Lo cierto es que tampoco me importa. Hoy no me abriga la prisa.

No sé si quedarme un rato más aquí, en la cama. Levantarme tranquilamente y vislumbrar mi cuerpo desde la distancia.

No sé si levitar, con vuelo raso, por la casa y contemplar. ¿Todo estará en orden, tal cual lo dejé? Nada cambia por no estar.

El Santísimo trisagio exalta la confusión. Me aclaman, me invocan, me imploran.

No sé por qué ha resurgido esta tremenda paz en mi interior. Enorme tranquilidad, divinidad de santos y dioses.

No sé, es extraño. ¿Habrá muerto alguien, quién será? Yo no me echo en falta, aun estando en boca de todos.

No sé por qué hoy están todos aquí reunidos. Cercado por conocidos y por aquellos que nada sé. Sermonean los serafines; aquellos quienes de nada me conocen, vomitan.

Alabanzas, adoraciones y glorificaciones. El trisagio vuelve a trinar. Convence con júbilo que yo era Único y Uno solo en vez de tres.

Como si fuera divino. Meditan su mantra al elegido; ¿yo? Consustanciarme, sí. Despertarme, ni tan siquiera soñarlo bajo este manto de luz eterna.

...ZurumbáticoFrancachelaChiticallaBadulaqueTontucioMe temuertosPedorroZorrolocoTrapisonadistaBorborigmoTarambana CuchipandaTarabillaTragavirotesAlfeñiqueMalquistoGurrumino RastacueroEstafermoFulastreGaznápiroCazurroPapirote...

Intento ordenar el alboroto. No encuentro el responso que satisfaga la carencia que el propio orador demanda. Fariseos.

—Por el respetable difunto, por favor, rogamos silencio —promulga solemnemente una voz desde el fondo.

No sé si mis pensamientos son estos que retumban. Quizás sean los de otros puestos en mi cabeza; alardeo y peco de originalidad. Me apodero de ellos sin recordar haberlos pensado con anterioridad. No importa, olvidamos rápido y escuchamos menos. Sí que recuerdo esas insinuaciones y reproches nimios y mundanos que retumban en el pensamiento de otros. Escucho, ahora con nitidez, bajo mi letargo:

«¿La paga del difunto? Será suculenta. ¿Las cuentas corrientes? Llenas de números. ¿Y la herencia? El testamento, ológrafo e inoficioso; un cabezota; se lo lleva todo a la tumba. ¿Estará a dos velas? Hasta que otro le llene el vacío. Qué egoísta, no ayudaba en casa. No hay mal que por bien no venga. Oiga, ni cuerpo que lo resista.»

En mi cielo se apelotonan mis lúgubres pensamientos.

—Por el respetable difunto, por favor, rogamos silencio —promulga solemnemente una voz desde el fondo.

No sé si esta es mi voz, pero me susurra con contundencia desde mi interior viejos temas, conversaciones, rencillas, asuntos a medios, ciertos aires de hostilidad de antiguas amistades.

«El pobre, todo el mundo dice ahora que era bueno. ¿Nadie se ha atrevido a decírselo? Quizás no lo fuera. Echaremos de menos al pobre. Es una pena, era tan, pero tan buena gente...».

—Por el respetable difunto, por favor, rogamos silencio. —promulga solemnemente una voz desde el fondo.

«Pidámosle que tengamisericordiadeélenel día del juicio; que lo libre de condenación y lo absuelo de los castigos merecidos porsusculpas para que reconciliadocon Dios nuestro Padre, sea llevadoporJesucristo, nuestro buen pastor, hasta su reino eterno, para gozar des compañía y la de todos los Santo.s».

«Ave María Purísima».

«Sin pecado concebida».

«Pspspspspsmm, amén. Pspspspsm, amén, Pspspspspm, amen».

No sé por qué estos murmullos inundan mis oídos.

No sé a cuento de qué el olor de estos vahos balsámicos. Mezcla de... Sí, de mirra, estoraque, vainilla, benjuí. Y enorme variedad de flores, flores por todas partes. Que yo sepa, la primavera aún no ha llegado. O quizás, mira que soy tremendo, aún con estas adversidades conservo mi buen humor. Me habré reencarnado en abejita. Positivo, siempre positivo.

El difunto positivo, siempre positivo. Sí señor, hasta que sepa su desenlace. A ver para dónde le tira el buen humor después.

—Por el respetable difunto, por favor, rogamos silencio —promulga solemnemente una voz desde el fondo.

A cada santo le llega su día. Hay frases para todo.

Pues sí, es cierto, hay un muerto. Ahí está la caja, madera maciza. Este muerto coincide en mi última voluntad: que la bandera de su equipo ondeara en el féretro. Así de claro lo pronuncié en multitud de ocasiones. Eso sí que lo han respetado. Incluso, han adaptado al féretro dos motorcitos que hacen girar unas aspas como si fueran ventiladores para que la bandera ondee. ¿Coincidencia? Deduzco que no soy yo; hoy no me he visto en la esquela del periódico. A no ser que hoy haya sido ayer.

¡Pero si estaba dormido! ¡Cómo es posible que me haya muerto, sin enterarme, sin previo aviso!

Me huele a chamusquina.

¡Me están quemando, joder, esa no fue mi última petición! ¡¡Que me quemo, que me quemo, nadie me puede escuchar!!

¿Y el buen humor? Positivo, siempre positivo.

De un sobresalto se incorpora en su cama y descubre que se había quedado dormido mientras fumaba. Apaga, como puede, el fuego que había incendiado gran parte de la sábana. Mete debajo de la cama, pensando en que su mujer no se dará cuenta, el resto de la sábana quemada.

—¡Joder, la habitación está apestando a humo!

Qué esperabas hijo mío, ¿un intenso olor a incienso, mirra, estoraque, vainilla, benjuí, a primavera, flores por todas partes? Ya no eres tan tremendo como pensabas: aún con estas adversidades conservo mi buen humor.

—Me llevaré una bronca descomunal.

Por mi culpa, por mi gran culpa.

—Tendré que ingeniármelas de alguna manera. Me saldré con la mía. Ya veré después como.

Se levanta sin hacer la cama; su mujer la hará.

Mira el reloj. Se percata de la hora. Piensa en ella.

—¡Ya es tarde! En qué estaba pensando yo...

Llega tarde a recoger a sus hijos del colegio.

Se viste rápidamente. Sale sin haberse atado los zapatos, la cremallera de los pantalones bajada y la camisa desabrochada. Totalmente desaliñado. Mientras abre la puerta para salir se va abrochando desordenadamente; un botón sí, otro no, otro se le descose, una manga remangada, la otra no.

Bajo el dintel de la puerta se sube la cremallera a gran velocidad y se pilla un trozo de carne de su miembro varonil. Grita y salta de dolor.

—¡Dios, María y José! ¡Joder macho, cómo duele!

Ahora te acuerdas de mí, hijo mío.

Irremediablemente, llegará tarde. Es su primera vez, la única vez en doce años que va a recoger a sus hijos. No sólo llegará tarde, también dolorido y descuidado.

Después de haber cerrado la puerta y, para su sorpresa, no para la de su mujer, se deja en el interior de la vivienda las llaves enganchadas a la cerradura.

De camino al colegio, conduciendo en su coche, se percata que el depósito está en reserva. A mitad de la calle se le para. Deja el coche a un lado para después llamar a la grúa. Termina el recorrido caminando hasta el colegio.

—Es más saludable ir a pie. Siempre positivo.

Una paloma se le hace sus necesidades encima.

—Esto es señal de buena suerte. Siempre positivo.

No tiene pañuelo para limpiarse y lo hace con las manos. Se restriega en los pantalones las manos embadurnadas de excremento de paloma. Siente el pegoste en sus muslos que, gracias al color de sus pantalones, puede confundir y disimular la gran mancha, pero no el olor.

«Mi mujer es la que lava», pensó.

Recoge a sus hijos.

De vuelta a casa escucha las sirenas de un coche de bomberos. Medita sobre lo que piensa un muerto en su duelo.

Al doblar la esquina, desde donde se puede ver su casa, observa que los bomberos están apagando las llamas que salen de su vivienda. Sorprendido, con la boca abierta, se para en seco. Su mente reproduce con nitidez un flas con su mujer.

—Acuérdate de retirar el puchero y apagar el fuego ¡Aaaaacuéeeeeeerd...!

En él se contempla a su mujer, frente a la cocina, removiendo el puchero. Él, a su lado. Su mujer enfatiza, de manera reiterada, que la comida la dejará en el fuego y que, antes de salir a recoger a los niños, se acuerde de retirar el puchero del fuego y apague el fogón de la cocina.

—¡Acuérdate!

—Sí, lo haré.

—¡Acuérdate de retirar el puchero y apagar el fogón de la fuego! ¡Acuérdate!

—No insistas, no seas pesada, lo haré.

—¡Acuérdate!

Una mosca entra por su boca abierta. Se le atraganta. Tose atrozmente. Su cara enrojece. Se da un golpe en el pecho, tan fuerte que se autolesiona. El moratón se hace rápidamente visible. Sigue tosiendo hasta que por fin consigue expulsar la mosca. La escupe airadamente. Contempla el moratón de su pecho.

—¡Dios Santo, qué golpe!

Sonríe.

—Pero estoy vivo y coleando. Positivo, siempre positivo.

Recuerda el flas, el puchero, el fogón del fuego. «Perfecto», pensó. El olor a humo que antes se quedó impregnado en la habitación desaparecerá. Positivo, siempre positivo.

«Le echaré la culpa a ella por haber calentado en exceso la comida que me dijo que retirara del fuego. Positivo, siempre positivo. Aunque del responso no me va a librar ni Dios».

—Estoy segura que no lo retiraste del fuego.

—Qué sí lo hice mujer.

—¡Y el fogón del fuego lo apagaste!

—¿Eh?

—¿¡Qué si el fogón del fuego lo apagaste!?

—¿Eh…?

—¡Dejaste la cocina encendida, lo sabía!

—Al menos estoy vivo, mejor eso que no muerto, digo yo.

—¡Santo, santo es el señor, hosanna en el cielo!

IX.- BENEDICTUS. *El aburrido lagarto Guanbochornoempalagatodoeldia.*

En esta bendita tarde de agosto, de intenso calor, bajo el infernal, bochornoso e insoportable sol de la tarde, la sombra no ofrece cobijo. La boca, seca y los labios, agrietados; el agua no sacia la sed, y la lengua, inerte, pesada y seca. El cuerpo se deshidrata lentamente. Donde las largas, intensas, soporíferas horas no caminan en el reloj. Donde el golpe del minutero es un martilleo continuo capaz de agujerar la cabeza. Donde el aire seco quema la piel. Donde el agobiante ardor del sol asfixiante corta la respiración, el lagarto Guanbochornoempalagatodoeldia estaba tumbado. Tomando el sol sobre su piedra preferida. Inmóvil. Desganado. Azorrado. Adormitado. Apenas respiraba, parecía que estaba muerto. El aire, cada vez más pesado. Haciendo justicia a las largas horas expuesto bajo el intenso sol, cada poro de su piel respondía desprendiendo un sudor pegajoso y un hedor insoportable. Todo el día y todos los días se las pasó, segundo tras segundo, minuto tras minuto, hora tras hora, día tras día, semana tras semana, mes tras mes, año tras año, lustro tras lustro, sin moverse de allí. Mientras tanto, la lagarta estaba llorando. Lloraba del tedio, del hastío, del aburrimiento, de la soledad acompañada, del empalago que su pareja Guanbochornoempelagatodoeldia le proporcionaba.

—Si lloras, no podrás conquistar el trocito de mierda añejo de 35 años gran reserva que te tengo reservado.

Ella seguía llorando porque lo único que le complacía era exteriorizar sus sentimientos ahogados durante muchos años.

Quería ser ella, quería ser escuchada, quería ser comprendida.

No quería ningún juego de estrategia, no quería más chantajes, no quería propinas ni limosnas.

Lloraba, lloraba y lloraba.

Lloraba sola la hematófaga que ha perdido sin querer,

su mundo aprisionado.

¡Ay!, ¿por qué llora esa hematófaga?

¡Ay, ay, cómo está llorando!

Mientras tanto, y sin chaleco de raso,

sus lágrimas en su jaula han formado,

un charco dichoso y atormentado.

Sumergida entre penas y lamentos,

se ahoga entre sus lágrimas y llantos,

expira sin delantalitos blancos.

Ya no llora la hematófaga,

ya no está llorando.

Agunus dei, qui tollis peccata mundi, (Cordero de dios, que quitas los pecados del mundo.)

XI.- COMMUNIO. *El mono borracho con el dulce embeleso.*

—Qué brazos tan grandes tienes.

—Son para abrazarte mejor.

—Qué manos tan grandes tienes.

—Son para acariciarte mejor.

—Qué cabeza tan grande tienes.

—Es para pensarte mejor.

—Qué pechos tan grande tienes.

—¡Son para sentirte mejor dentro de mí!

—Qué piernas tan fuertes tienes.

—¡Son para poder sentir que no me pesas!

—¿Mejor?

—¡Sí, sí, mejor, mejor!

—Qué ojos tan grandes tienes.

—¡Son para verte mejor!

—Qué espalda tan grande tienes.

—¡Es para cargarte sobre mí!

—¿Mejor?

Silencio.

Más silencio.

—¿Mejor o no mejor?

—¡¡Síiii, mejor, mejor, mejor!!

—Qué pies tan grandes y fuertes tienes.

—¡¡Son para poder equilibra tu ligero peso!! ¡¡Mejooooor!!

—Qué nariz tan grande tienes.

—¡¡Son para olerte mejor!!

—Qué orejas tan grandes tienes.

—¡¡Son para oírte mejor!!

—Qué labios tan grandes tienes.

—¡¡¡Son para besarte mejor!!!

—¡¡Ni borracho se puede ser tan empalagoso, cómetelo ya!! —decía el búho diurno que observa mientras la mona le quitaba los piojos al mono el dulce embeleso del ritual amoroso de la pareja de monos.

Con mucho ruido y pocas nueces, me contaba un pajarito babieco que se fue de picos pardos y que, con la miel en los labios, se le hizo agua la boca.

—Eso le pasa al mono que quiere estar pegado a la botella.

—¿Como una lapa?

—Sí, sí, como una lapa. Le han cambiado el plátano por el sabroso y dulce anís del mono.

—¿Y ni siquiera se ha dado cuenta?

—No, no se ha dado cuenta. Bebe como un cosaco, sin descanso.

—Se bebe hasta el agua de los jarrones de las flores.

—Sí, sí, se bebe hasta el agua de los jarrones.

Ubi caritas et amor, Deus ibi est (Donde hay caridad y amor, Dios está allí)

Tememus, et amemus, (tememos y amamos)

XII.- LUX AETERNA. *El perro de las mil leches y el mal sexo.*

Allí estaban todos los perros jugando a la oca. Con prisas y corriendo contando veinte aquellos que a duras penas se habían comido una. Pero también estaban allí, luciendo su pedigrí, las perras. Aquellas perras que ante un torbellino pasional permanecían estáticas como estatuas.

Las parejas de las mil leches eran las que siempre ganaban el juego. Y, para más inri, y por eso, y sobre todo por eso, disfrutaban de lo lindo del juego.

Lux aeternam luceat eis, Domine, (La luz eterna brille para ellos, Señor)

XIV.- IN PARADISUM. *La serpiente petimetra y el conejo atolondrado. El te quiero como arma de retención y parálisis.*

—¡Cómo te quiero conejito lindo. Te quiero mucho, más que nada en este mundo! —Dijo la serpiente Compropisos.

—Sabes de sobra que yo a ti también. —Respondió Cándido, el conejo aterciopelado.

Todas las mañanas, Cándido le preparaba el desayuno.

—¡Cómo te quiero conejito lindo. Te quiero mucho, más que nada en este mundo! —Dijo la serpiente Compropisos.

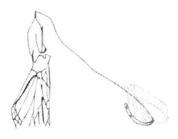

La serpiente se enrollaba en él y, acto seguido, le mordía el cuello. Su veneno lo paralizaba después de oírla.

—¡Cómo te quiero, conejito lindo! Te quiero mucho, ¡más que a nada en este mundo! —dijo la serpiente Compropisos.

Era un conejo de pocas palabras; para él, hechos son amores, no buenas intenciones. Ella, más bien, parecía una lora repitiendo continuamente, a cada instante, la misma frase. Eso no le molestaba al lindo conejito Cándido. Aunque, a veces, su célebre y casi única frase le sonará como un arma de retención más que como un sentimiento nacido del corazón; la serpiente se enrollaba en él y, acto seguido, le mordía el cuello. Su veneno lo paralizaba.

«El dulce atemperado en exceso empalaga», pensaba el lindo conejito Cándido.

Él le sonreía, la miraba tiernamente y, en menos que canta un gallo, el veneno ejercía su función, lo paralizaba; quieto, inmóvil se quedaba, *suave; tan blando por fuera, como si fuera todo de algodón.* Ella le enseñó que en el amor había que sufrir. Incluso, él, una vez, ¡le regalo la luna!

—¡Cómo te quiero, conejito lindo! Te quiero mucho, ¡más que a nada en este mundo!

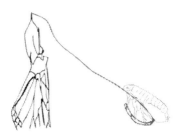

Esa frase se repetía con mayor intensidad en los días en los que el lindo conejito Cándido estaba más ocupado en sus tareas diarias.

—¡Cómo te quiero, conejito lindo! Te quiero mucho, ¡más que a nada en este mundo!

Él recolectaba comida para ella, crecía, se enriquecía anímicamente, intentaba descubrir e investigar un mundo que no conocía para entregárselo en cada abrazo, en cada beso, en cada conversación. El lindo conejito Cándido siempre estuvo allí donde ella le hacía falta averiguando sus carencias.

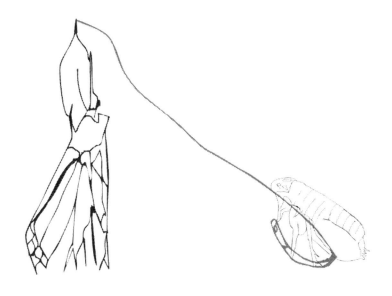

—¡Cómo te quiero, conejito lindo! Te quiero mucho, ¡más que a nada en este mundo!

Una vez de tantas, la serpiente mordió en el cuello al lindo conejito. Lo dejó paralizado y salió a la selva. En su escarceo-paseo se tropezó con una fornida serpiente macho que estaba rodando un documental de Nacional Geographic. Se llamaba Aquitepilloaquitemato. Él no era Clint Eastwood, ni ella era Mary Streep ni el documental era *Los puentes de Madison*. La cuestión fue que él embaucó a la serpiente Compropisos, y está, con el dulce embeleso del halago, cayó bajo su piel; Aquitepilloaquitemato tocó su talón de Aquiles. Hay que ser demasiado ingenuo para no saber serpentear entre serpientes en una salvaje selva, para no reconocer a su especie, para dejarse hipnotizar bajo el sonido de una marrullería. La serpiente dejó tirado al lindo y tan querido conejito Cándido, ese que le regaló la luna. Él ahora piensa que se la ha robado.

El lindo conejito atolondrado, después de haber aprendido con dolor la lección, después de habérsele pasado los efectos de tanto veneno, después de haber recolocado el alma, no volvió a ver más a la serpiente petimetra Compropisos.

Ella, en breve tiempo, se quedó sola cuando el licenciado Aquitepilloaquitemato mudó su piel.

FIN

17310098R00032

Printed in Great Britain
by Amazon